ELECTRE,

TRAGÉDIE

EN TROIS ACTES,

REPRÉSENTÉE

POUR LA PREMIERE FOIS,

PAR L'ACADÉMIE-ROYALE

DE MUSIQUE,

Le Mardi 2 Juillet 1782.

PRIX XXX SOLS.

A PARIS,

De l'Imprimerie de P. DE L[illegible]
rue du Foin Sain[illegible]
On trouvera des [illegible]
[illegible]
M. DCC. [illegible]
AVEC APPROBATION ET [illegible]

Les Paroles de M. GUILLARD.

La Musique de M. LE MOINE.

ACTEURS ET ACTRICES
CHANTANS DANS LES CHŒURS.

Côté de la Reine		Côté du Roi,	
Mefdemoifelles.	*Meffieurs.*	*Mefdemoifelles.*	*Meffieurs.*
des Rofières.	Candeille.	Dubuiffon.	Peré.
Veron.	Capoi.	Garrus.	Le Grand.
d'Hauterive.	Larlat.	Rouxelin.	Martin.
Thaunat.	Rey.	Sanctus.	Pouffez.
Jofephine.	Punchar.	Charmoy.	Firmin.
Fel.	Vallon.	Leclerc.	Touvois.
Launer.	Méon.	Des Lions.	Huet.
Macker.	Cleret.	Le Bœuf.	Itaffe.
Aurore.	Tacuffet.	Voifin.	Jouve.
David.	Baillon.		Moulin.
	de Lori.		Jalaguier.
	Fagnan.		Cavallier.
	Joinville.		Bouvard.
	Le Roux.		Martin, c.

A ij

ACTEURS.

ÉGISTE, *Roi*,	M. Laïs.
CLYTEMNESTRE,	Mlle. Duplant.
ELECTRE,	Mlle. Levasseur.
ORESTE,	M. l'Arrivée.
PILADE,	M. Lainé.
ARCAS,	M. Moreau.
CHRYSOTHÉMIS,	Mlle. St Huberty.
Un OFFICIER *du Palais*,	M. Chénard.
Le GRAND-PRÊTRE,	M. Chénard.
Une ARGIENNE,	Mlle. Joinville.
Un ARGIEN,	M. Rousseau.

DAMES & SEIGNEURS *de la Cour*.
PEUPLES *de Mycènes*.
CAPTIVES *Troyennes*.
EUMÉNIDES.
DÉMONS.

La Scène est à Mycènes.

PERSONNAGES DANSANTS.

ACTE PREMIER.

Six EUMÉNIDES.

LA VENGEANCE, M. Simonet.

LE DÉSESPOIR, M. le Bel.

LA HAINE, M. Duchaîne.

LE POISON, M. Coindé.

LE FER, M. Joly.

LE FEU, M. Larue.

ACTE SECOND.

CAPTIVES *Troyennes.*

Mlle. GUIMARD.

Mlles. Seville, Prud'homme, Maſſon, Carré,
la Coſte, le Clerc, Dupleſſis, Helisberg.

GRANDS de la Cour de MISCÈNE.

M. VESTRIS.

M. FAVRE.

M^{rs}. Abraham, le Doux, Clerget, Delahaye, Henry, Caster, Blanche, Milon,

Mlle. DORLAY.

Mlles. Bigotini, Courtois, c., Puisieux, Dancourt, Louise, Dauvillier, Delisle, St Opportune.

ACTE TROISIEME.

DAMES de la Suite de CLITEMNESTRE.

Mlles. Bigotini, Courtois, c., Puissieuux, Dancourt, Louise, Dauvillier, Delisle, St Opportune, Desgravelles, Daurigé, Darcy, Vanloo.

Les Six EUMÉNIDES du premier Acte.

DÉMONS.

M^{rs}. Joly, le Roi 1., le Roi 2., Duffel, Giguet, Desbordes, Pladix, Poinon, Richard, Boyer, Marcellin, Bozon.

ELECTRE,
TRAGÉDIE.

ACTE PREMIER.

Le Théâtre repréſente l'Entrée de la Ville de My-
cenes, on voit d'un côté en avancement, la Porte
du Palais des Pelopides, de l'autre côté une par-
tie du Tombeau d'Agamemnon, entouré de
cyprès ; dans le milieu du fond les édifices de la
Ville, & dans l'éloignement le Portique en ſail-
lie du Temple d'Apollon.

La nuit eſt abſolue, mais l'Aurore eſt prête à
paraître.

SCENE PREMIERE.

ORESTE, PILADE, ARCAS, *un* ESCLAVE
portant une Urne ſépulcrale, ſix Furies avec
des flambeaux, marchant les premieres.

ORESTE, *aux Furies.*

MINISTRES des Enfers, Oreſte ſuit vos pas,
Il vient punir le crime, & conſoler la terre :

Euménides , armez mon bras ,
   Je viens venger mon pere.

                 (*Les Furies s'abîment.*)
Où sommes-nous , & quels sont ces climats ?

A R C A S.

De la superbe Argos , je reconnais l'entrée ,
Ce Temple , cette Tour , ces Jardins , ce Palais....
C'est ici le séjour des descendants d'Atrée ;
   Voici le tems d'accomplir nos projets ,
Voici le jour , le lieu marqué pour la vengeance.

P I L A D E.

Apollon nous défend tout secours étranger.

A R C A S.

Sa main qui nous conduit saura nous protéger.

O R E S T E.

   Je me confie , Arcas , à ta prudence ;
      Employons tout pour nous venger ;
Va ; par un feint récit , persuade ce traître ;
Assure-lui qu'Oreste a terminé son sort.

P I L A D E.

Confirme-lui le trépas de son maître.

ORESTE.

Qu'il ne sorte d'erreur qu'en recevant la mort.

TOUS TROIS.

Déjà ton supplice s'apprête,
Egiste, exécrable tyran ;
Tremble : un Dieu vengeur t'attend,
La foudre gronde sur ta tête.

SCÈNE II.

LES ACTEURS PRÉCÉDENTS.

ELECTRE *dans le Palais.*

ELECTRE.

GRands Dieux !

ORESTE.

D'où part cette voix lamentable ?

ELECTRE.

O forfaits impunis ! Pere, enfants malheureux !

ORESTE.

Mon cœur frémit à ces cris douloureux ;

B

ELECTRE.

O vengeance trop lente ! ô jour épouventable !

PILADE.

Le crime a de ces lieux banni le doux fommeil.

ORESTE.

Les imprécations y devancent les heures.

ARCAS.

C'eft le fort des tyrans : dans leurs triftes demeures,
Le cri du défefpoir eft le chant du réveil.

ORESTE.

Des témoins importuns évitons la préfence.

PILADE.

Craignons d'être furpris enfemble dans ces lieux.

ORESTE.

Au tombeau de mon pere, allons offrir nos vœux,
Confacrons-lui ce fer, gage de la vengeance.

(Ils fortent.)

SCENE III,

ELECTRE, *seule.*

JE ne puis supporter l'excès de mes douleurs,
C'en est fait, je n'ai plus ni force ni courage,
 Ils se font perdus dans mes pleurs:
Toi, pour qui j'ai souffert un indigne esclavage;
Toi, né pour nous venger, toi, monfrere & mon Roi!
Du plus saint des devoirs, quel soin peut te distraire?
  Hélas! nous n'espérions qu'en toi,
Et tu trahis Electre, & les Dieux & ton Pere!
Dieux des infortunés, soyez feuls mon recours,
De mes maux dès-long-tems la mesure est comblée,
Grands Dieux! Rendez Orefte à fa fœur défolée,
Ou de mes jours du moins daignez finir le cours.

  Que dis-tu? lâche Electre! arrête....
 Tu veux mourir? ton pere eft-il vengé?
As-tu puni le bras qui l'avait égorgé?
 Tu veux mourir! & cette affreuse fête,
  Ce jour fanglant & défastreux,
Où de fes affaffins le triomphe s'apprête,
Pour la dixieme fois fouillera donc ces lieux;

B ij

Tu veux mourir ! O Ciel ! ô mânes de mon Pere !..
Non, je ne puis souffrir que leurs indignes jeux
    De son trépas marquent l'anniverfaire :
     Filles des Dieux, jufte effroi des pervers,
Vous, de qui l'œil vengeur pourfuit les parricides,
      Quittez les gouffres des enfers,
     Venez à moi, terribles Euménides....
Le meurtre & l'adultère ont fouillé ce Palais,
      Soyez & mes Dieux & mes guides ;
Venez venger mon Pere, & je meurs fans regrets.

SCENE IV.

ELECTRE, LE CHŒUR.

LE *CHŒUR.*

Déplorable Princeffe, Electre infortunée,
  Nous partageons vos cruelles douleurs ;
    A votre affreufe deftinée,
    Qui pourrait refuser des pleurs ?

ELECTRE.

A d'éternels regrets, Electre eft condamnée.

Une FEMME du CHŒUR.

Efpérez tout des Dieux.

ELECTRE.

Il m'ont abandonnée.

ᴸᴱ *CHŒUR.*

Ils ont promis de venger vos malheurs.

ELECTRE.

Ils ont trahi mon Pere.

ᴸᴱ *CHŒUR.*

Ils vous rendront Oreſte.

ELECTRE.

Ils ont livré ſon trône à nos perſécuteurs,
L'eſclavage ou la mort, voilà ce qui me reſte.

SCENE V.

Lᴇs MÊMES, CHRYSOTHÉMIS.

CHRYSOTHÉMIS.

AH! ma Sœur! modérez ces dangereux éclats,
Vos cris ſont entendus d'Egiſte & de la Reine :
Vous vous perdez, & ne nous ſervez pas.
De vos perſécuteurs, n'excitez pas la haîne.

LE CHŒUR.

Malheureuse Princesse, hélas !
A quel excès les Dieux l'ont avilie,
Ses mains portent des fers.

ELECTRE.

Ah ! je m'en glorifie;
De ma fidélité ces fers sont les garants ;
Ils prouvent, à la fois, mon amour pour mon pere,
Et ma haîne pour nos tyrans.

CHRYSOTHÉMIS,

Vivez pour nous , pour la Patrie,
Pour venger un jour nos malheurs;
Craignez d'expofer votre vie ;
N'ajoutez point à nos douleurs.

D'un monftre abreuvé de nos pleurs,
Ne réveillez point la furie ;
Un jour elle fera punie,
Croyez qu'il eft des Dieux vengeurs.

ELECTRE.

Eh! puis-je retenir la fureur qui m'anime ?
Ces lieux depuis dix ans fon baignés de mes pleurs;
Tout y retrace mes malheurs,
Et tout y refpire le crime....

C'eft-là, c'eft dans ces mêmes lieux,
C'eft dans ce Palais même, à l'afpect de nos Dieux,
   Qu'Egifte a maffacré mon Pere ;
      J'ai vu ce monftre furieux,
Je l'ai vu tout couvert de ce fang précieux ;
Ma Mere...

LE CHŒUR.

   O ciel !

ELECTRE.

         Non, ce n'eft point ma Mere.
   Une Furie atroce, fanguinaire,
Clitemneftre....

LE CHŒUR.

      O forfait à jamais effrayant !

ELECTRE.

Je le vois, ce Héros, dans ce fatal moment,
J'entends fes derniers cris : je vois fa Femme impie
      Chercher dans fon cœur expirant,
      Les foibles reftes de fa vie :
Furie horrible ! arrête... O mon Pere ! ô mon Roi !
      Ciel !... O Ciel ! anéantis-moi......

LE CHŒUR.

Malheureux Enfans de Tantale,
   Race glorieufe & fatale,
Que vous achetez cher l'honneur d'un fi grand nom !

L'Aftre cruel qui pourfuivit vos Peres,
S'attache encore à leur Maifon,
Le crime & les malheurs y font heréditaires.

CHRYSOTHÉMIS, à ELECTRE.

Clitemneftre bientôt va paraître en ces lieux ;
Ah ! ma Sœur, évitez de rencontrer fes yeux.

ELECTRE.

Clitemneftre ! Elle !

CHRYSOTHEMIS.

En proie à fa frayeur mortelle,
Elle y vient implorer les Dieux,
Déja leur bras vengeur s'appéfantit fur elle,
On dit qu'un fonge plein d'horreur.....

ELECTRE, vivement.

De leurs décrets il eft l'Avant-coureur,
Grands Dieux !

CHRYSOTHÉMIS.

A fes regards gardez-vous de paraître.

ELECTRE.

Grands Dieux ! votre juftice enfin fe fait connaître,
Eclatez en votre courroux !
Donnez-lui ces remords que la crainte faît naître,

Frappez

Frappez son cœur des plus terribles coups,
Soyez justes enfin, vengez-nous, vengez-vous.

CHRYSOTHEMIS.

Le Palais s'ouvre.

UNE FEMME du CHŒUR.

On vient.

UNE AUTRE.

C'est elle qui s'avance.

CHRYSOTHÉMIS.

Ah! fuyons son aspect.

UNE FEMME du CHŒUR.

Redoutons sa présence.

TOUT LE CHŒUR, excepté Chrysothémis.

L'horreur de ses forfaits se répandroit sur nous.

SCENE VI.

ELECTRE, CLITEMNESTRE,
allant au Temple suivie de ses Femmes.

CLITEMNESTRE, à part.

C'EST Electre! sa vue augmente encor mes
craintes,
Dieux! la paix dans mon cœur ne peut-elle rentrer?

(à ÉLECTRE.)

Ne cefferez-vous point vos indifcretes plaintes?

E L E C T R E.

O ciel! puis-je les modérer?
L'Auteur de tous mes maux m'ordonne de les taire!

C L I T E M N E S T R E.

Oubliez-vous que je fuis votre Mere?

E L E C T R E.

Fille du Roi des Rois, mes mains portent des fers,
C'eft dans le Palais de mon Pere,
Que je me vois réduite à ce honteux revers,
Et vous dites encor que vous êtes ma Mere!

C L I T E M N E S T R E.

Si le fort à ce point a pu vous abaiffer,
Ce n'eft que vos fureurs qu'il en faut accufer.

E L E C T R E.

Orefte, votre Fils, mon déplorable Frere,
Errant & fugitif, banni de vingt climats,
Eft profcrit aujourd'hui dans fes propres Etats,
Et vous dites encor que vous êtes ma mere!

C L I T E M N E S T R E.

Oui, je le fuis, oui, malgré tes fureurs.
Abjure ta haine inflexible,

Et je faurai te faire oublier tes malheurs.

E L E C T R E.

Et cet oubli, grands Dieux ! Eft-il poffible ?
Puis-je oublier mon Pere & nos calamités ?
   Entendez-vous fes Mânes irrités ,
   Entendez-vous fon ombre gémiffante
Rappeller la nature au cœur de fes Enfans.

C L I T E M N E S T R E.

Quoi ! loin de s'adoucir , ta haine encor s'augmente !
C'eft ma mort que tu veux, barbare ! je t'entends.

E L E C T R E.

   Non , mon cœur n'eft point inflexible ,
Je pleure fur le fort d'un Pere & d'un Héros,
Mais pour vous dans mon cœur la haine eft im-
   poffible ,
   Et c'eft le plus grand de mes maux.

C L I T E M N E S T R E.

Cruelle !

E L E C T R E.

   Ah ! pardonnez à ma douleur amere ,
   A mes ennuis , à mon long défefpoir ,
   Que tant de pleurs vous puiffent émouvoir !
Redevenez fenfible , ah ! rendez-moi ma Mere.

CLITEMNESTRE.

Electre, votre voix pénetre dans mon cœur :
Je partage vos maux, votre douleur m'attriste...
Ah! la plainte est permise au comble du malheur;
Mais pour vous & pour moi n'irritez point Egiste.

ELECTRE.

Egiste! Ciel! Qui? lui! l'auteur de tous nos maux!

CLITEMNESTRE.

Oubliez-vous qu'il est l'époux de votre Mere?

ECECTRE.

Oubliez-vous qu'il est l'assassin de mon Pere?

CLITEMNESTRE.

Qu'il est assis sur le trône d'Argos!

ELECTRE.

Qu'il n'y monta que par un crime!

CLITEMNESTRE.

Que c'en est fait de vous,
Si je vous abandonne à son juste courroux.

ELECTRE.

Eh bien! livrez-lui sa victime.
Sachez qu'il n'est point de tourment,

Point de mort que je ne prefe re
A l'horreur de le voir fouiller infolemment
Le trône de Mycene & le lit de mon Pere.

CLITEMNESTRE.

Laiffe-moi; fuis, efclave téméraire :
Fuis, barbare, fuis loin de moi :
Qu'Egifte, à fon gré, tonne & fe venge de toi.
Je t'abandonne à toute fa colere ;
Je ne te connois plus, je ne fuis plus ta mere.

SCÊNE VII.

CLITEMNESTRE, ÉLECTRE.

Clitemneftre va au Temple, les portes fe ferment fur elle, elle fe profterne fur les dégrés, & Electre refte fur l'avant-fcène.

CLITEMNESTRE.

Dieu puiffant ! calme mon effroi,
Ne rejettes pas ma priere ;
Si je ne puis percer jufqu'à ton Sanctuaire :
Que mes foupirs, du moins, pénetrent jufqu'à toi.

ELECTRE, *à part.*

Qu'attend-elle des Dieux ? Que leur demande-t-elle?

ELECTRE,

CLITE'MNESTRE.

Un songe me remplit d'épouvante & d'horreur.

ELECTRE.

C'est la mort de son Fils sans doute.

CLITEMNESTRE.

Ma terreur

A chaque instant se renouvelle,
Mon Fils, mon propre Fils la redouble aujourd'hui.

ELECTRE.

Soleil ! où sont tes feux ? Terre ! où sont tes abîmes?

CLITEMNESTRE.

En faveur des remords,Dieux! faites grace aux crimes.

ELECTRE.

Dieux vengeurs! armez-vous.

CLITEMNESTRE.

Dieux ! soyez mon appui.

(On entend un coup de tonnerre.)

*(*CLITEMNESTRE *& sa Suite fuyent épouvantées.)*

CLITEMNESTRE, en fuyant.

O ciel! ô suprême puissance.

ELECTRE.

C'est le signal de la vengeance.

Fin du premier Acte.

ACTE SECOND.

Le Théâtre repréſente un Veſtibule du Palais des Pelopides.

SCÉNE PREMIERE.

CLITEMNESTRE, EGISTE *la ſuit.*

EGISTE.

EH quoi! vous me fuyez, vous craignez de m'entendre ?
D'où naît ce trouble affreux que je ne puis comprendre ?

CLITEMNESTRE.
Cher Egiſte...

ÉGISTE.
Parlez.

CLITEMNESTRE.

Seigneur....
Hélas ! que voulez-vous apprendre ?

E G I S T E.

Répondez.

CLITEMNESTRE.

Je ne puis.

E G I S T E.

      Quoi ! cet amour si tendre
Est-il si-tôt éteint dans votre cœur ?
Ce jour qui le rappelle...

CLITEMNESTRE.

     Hélas ! daignez m'en croire,
Bien loin de consacrer ce redoutable jour,
Et d'oser par des jeux en marquer le retour,
  Etouffez-en l'importune mémoire :
 » Vous savez trop qu'à ces funestes jeux,
» Les Argiens ont toujours refusé de se rendre :
» De leur Roi qui n'est plus, ils réverent la cendre,
 » D'Ilion dévasté les restes malheureux
  » Composent ces fêtes fatales,
» Argos, qui s'en est plaint, comtemple avec horreur
» Ce mêlange choquant de joie & de douleur,
» Et ces Cyprès unis aux palmes triomphales.

        EGISTE.

EGISTE.

Et quoi! ces jeux par vous-même inventés,
Ces fêtes, ces folemnités,
D'un bonheur renaissant, gage cher & sensible.

CLITEMNESTRE.

N'insultons plus à cette ombre terrible.

EGISTE.

Vous pourriez....

CLITEMNESTRE.

Je l'ai vu ce malheureux Epoux,
La vengeance à la main, l'œil ardent de courroux;
J'entends un cri sombre & funeste...
Clitemnestre! tu dors! tu dors! éveille-toi!
Regarde... à ses côtés dans l'instant j'apperçoi
Un jeune homme... c'étoit Oreste!
Un fer vengeur étincelle en sa main;
Je veux fuir... dans la tombe il m'entraîne foudain;
Le spectre disparaît... vous aviez pris sa place,
Sous les coups de mon fils je vous vois abattu,
J'accours, j'irrite encor sa sacrilége audace,
Tout mon sang dans le vôtre a coulé confondu.

EGISTE.

O ciel! jusqu'à ce point Clitemnestre s'abaisse?
Des terreurs qu'elle éprouve un songe est donc l'objet!   D

CLITEMNESTRE.

Le trouble fecret qui me preffe,
Bien plus qu'un fonge encor les confirme en effet.

EGISTE.

Que craignez-vous ?

CLITEMNESTRE.

Les Dieux, toute la Gréce,
Electre & fes terribles cris,
L'appui de Strophius, mon fils, mon propre fils !

EGISTE.

Strophius eft pour nous, & j'en ai l'affurance,
Electre vainement compte fur fon fecours;
D'Orefte même il a profcrit les jours.

A ma pourfuite, à ma vengeance,
Orefte ne peut échapper;
Par-tout errant & fans défenfe,
Par-tout j'ai fçu l'envelopper:
De fa rage impuiffante & vaine
J'ai fçu prévenir les éclats,
Hors Mycene, dans Mycene,
J'ai femé la mort fur fes pas.

ENSEMBLE.

CLITEMNESTRE.   *EGISTE.*

Dieux ! détournez la vengeance,	Dieux ! affurez ma vengeance,
Chaffez l'effroi dont je me fens	Faite qu'à ma pourfuite il ne puif-
frapper.	fe échapper.

SCENE II.

*(Le Peuple entre en foule, Chryfothémis eſt ſui-
vie de ſes Femmes, & de quelques Grands de la
Cour ; le reſte & ce qui compoſe la Fête, eſt for-
mé d'Eſclaves Troyens de l'un & de l'autre Sexe.)*

EGISTE, à CHYSOTHEMIS.

»PRinceſſe, prenez place auprès de votre mere :
»Electre, prompte à l'offenfer,
» A perdu tous les droits qui la lui rendoient chere:
»C'eſt à vous de la remplacer.

LE *CHŒUR.*

Chantons cette heureufe journée,
De deux Epoux amans célébrons les beaux nœuds :
Le jour qui couronna leurs feux,
Fut du bonheur d'Argos l'époque fortunée.

UNE TROYENNE.

Hélene caufa nos revers,
Tous nos malheurs font fon ouvrage,

Sa Sœur aujourd'hui les soulage,
Et sa bonté nous les rend chers.
Elle efface jusqu'à l'image
Des maux que nous avons soufferts,
Peut-on regretter l'esclavage,
Lorque l'amour donne des fers?

SCÈNE III.

LES ACTEURS PRÉCÉDENTS.

Un OFFICIER du Palais.

L'OFFICIER.

Aux portes du Palais un Vieillard se présente,
D'un message important chargé par Strophius.

EGISTE.

(*à part.*)

Strophius ? Dieux! ce jour comble-t-il mon attente.

(*haut.*)

Il peut entrer.

SCENE IV.

LES ACTEURS PRÉCÉDENTS, ARCAS.

ARCAS.

SEigneur, Oreste ne vit plus,

CLITEMNESTRE.

Oreste !

LE PEUPLE.

Ciel !

CHRYSOTHEMIS.

Mon frere !

ARCAS.

Strophius a commis à mon zèle sincere,
Du fils d'Agamemnon les restes malheureux.

EGISTE.

Je veux les déposer au tombeau de son pere.
Vous me les remettrez.

(*ARCAS sort.*)

EGISTE, au Peuple.

Que l'on quitte ces lieux.

(*Au Capitaine des Gardes.*)

Vous , que de son trépas on informe Mycene.

CLITEMNESTRE.

Dieux qui me l'enlevez , est-ce faveur ou haîne ?

SCÊNE V.

CHRYSOTHÉMIS , *seule.*

Il est mort ! chere Electre ! eh ! comment lui sur-
vivre ?
Il ne nous reste plus que l'espoir de le suivre.
     Cher Oreste ! ô mon frere !
Objet de tant de vœux ! hélas ! trop superflus,
Les Dieux de tous les tiens ont comblé la misere,
     C'en est fait, tu n'es plus !

SCÈNE VI.

CHRYSOTHÉMIS, ELECTRE *entrant avec tout l'égarement de la joie, & sans voir Chrysothémis.*

ELECTRE.

O Joie inattendue ! ô jour cent fois heureux !

CHRYSOTHÉMIS.

Ciel !

ELECTRE.

Ah ! ma sœur.

CHRYSOTHÉMIS.

Hélas !

ÉLECTRE.

Espérez tout.

CHRYSOTHÉMIS.

O Cieux !

ELECTRE *bas, & observant si elle n'est pas entendue.*

Oreste vit.

CHRYSOTHÉMIS.

Oreste !

 ELECTRE,

ELECTRE.

Il est même en ces lieux :
Ce grand jour doit venger la Nature & les Dieux.

CHRYSOTHÉMIS.

O Ciel!

ELECTRE.

Je vais le voir : ô momens pleins de charmes !
Les Dieux après dix ans le rendent à mes larmes ;
Ils ont ouvert sa route, ils ont guidé ses pas :
Qu'il se rende à mes vœux, qu'il vienne, qu'il paraisse,
Sur son cœur qu'Electre le presse...
Dussé-je expirer dans ses bras !

CHRYSOTHÉMIS.

Ah ! ma sœur ! quelle erreur funeste !

ELECTRE.

Qu'osez-vous dire ?

CHRYSOTHÉMIS.

Oreste....

ELECTRE.

Oreste?

CHRYSOTHÉMIS.

Il ne vit plus.

ELECTRE

E L E C T R E.

Il ne vit plus !

C H R Y S O T H É M I S.

Hélas !
Egiſte a fait au peuple annoncer ſon trépas.

E L E C T R E.

Egiſte ! il veut aſſurer ſon empire ;
Il feint une mort qu'il deſire :
Diſſipez les frayeurs dont vos ſens ſont atteints,
Le perfide vous trompe & mon frere reſpire.
J'ai vu de ſon retour des gages trop certains,
Le tombeau de mon pere entouré de guirlandes,
Arroſé de l'eau ſainte & ſurchargé d'offrandes.

J'ai vu ces dons encor mouillés de pleurs,
Un fer était auprès, ſignal de la vengeance,
Quel autre l'eût offert ? & qui dans nos malheurs
Eut oſé nous donner cette grande eſpérance ?

Egiſte, ton regne eſt paſſé,
Ton Roi, ton juge va paraître ;
Le Ciel de tes forfaits à la fin s'eſt laſſé,
Tremble tyran & reconnais ton maître :

E

Ses mains vont se baigner dans ton sang odieux,

Il va combler de gloire & son Peuple & la Grece:

Quel jour pour nous ! quels transports ! quelle
　　ivresse !

Que de graces à rendre aux Dieux !

SCÈNE VII.

LES MÉMES, *& le Peuple entrant en foule.*

LE *PEUPLE.*

Rien ne sauroit tarir nos larmes.
O mort ! nous implorons tes coups,
Frappe, il n'est plus d'espoir pour nous.

ELECTRE, au Peuple.

Peuple, dissipez vos allarmes,
Le tyran vous abuse ; Oreste vit.

LE *CHŒUR.*

Hélas !
Nous ne pouvons douter de cette mort funeste.

ELECTRE.

Je tremble.

UN *ARGIEN.*

Strophius, le seul appui d'Oreste.

ELECTRE.

Le pere de Pilade !

L'ARGIEN.

Annonce son trépas.

E ij

ELECTRE.

Il eſt mort.... Les Dieux m'ont trompée.

(*Elle tombe dans les bras de* CHRYSOTHÉMIS.)

CHRYSOTHÉMIS.

J'avais prévu le coup dont je vous vois frappée !
Hélas ! qu'allons nous devenir ?

LE CHŒUR.

Cette race divine en héros ſi féconde,
Les deſcendans d'Atrée ont diſparu du monde.

CHRYSOTHÉMIS, à ELECTRE.

Ah ! reprenez vos ſens. Que voulez-vous ?

ELECTRE.

Mourir.

(*On l'emmene.*)

LE CHŒUR.

O mort, &c.

Fin du Second Acte.

ACTE TROISIEME.

Le Théâtre repréſente le Tombeau d'AGAMEMNON,
dans le fond eſt le Bois de Ciprès, qui l'entoure
des deux côtés.

SCÊNE PREMIERE.

LE PEUPLE, ELECTRE.

LE *PEUPLE.*

FILLE du Roi des Rois, Electre infortunée,
Les Dieux ont mis le comble à nos malheurs.

ELECTRE arrivant dans le plus grand déſordre.

Laiſſez-là ces vaines douleurs :
d'Agamemnon la grande ombre indignée

N'aura donc de tribut que celui de vos pleurs ?
A pleurer fur fa mort votre zèle confifte,
C'eft du fang qu'on lui doit, & quel fang ? juftes
    Dieux !
       Celui d'un tyran odieux,
Du plus vil des mortels ! d'un meurtrier ! d'Egifte !

LE CHŒUR.

Puiffe le fang d'Egifte être verfé par nous,
    Puiffe-t-il périr fous nos coups !

ELECTRE.

Orefte, votre Roi, votre unique efpérance,
    Il vous la ravi pour jamais.
Et le Perfide vit ! il brave la vengeance !
Il jouit fans remords du fruit de fes forfaits !

LE CHŒUR.

    Tombe fur lui la colere célefte !

ELECTRE.

Jurez fur ce Tombeau du grand Agamemnon,
Jurez tous avec moi, jurez par ce faint nom
D'immoler le perfide & de venger Orefte.

LE CHŒUR.

Orefte, Agamemnon, daignez nous protéger,

A nos fidelles mains livrez votre victime ,
Nous jurons tous de vous venger.

ELECTRE.

Mon pere daigne protéger
Le zèle qui m'anime ,
Je jure aussi de te venger.

LE CHŒUR.

Oreste , Agamemnon , &c.

ELECTRE.

C'est assez : venez tous , que rien ne nous retienne.

UN ARGIEN.

Hélas ! qu'espérez - vous ?

ELECTRE.

Ou sa mort, ou la mienne.

UN ARGIEN.

Ah ! Princesse , arrêtez ! modérez ces éclats.
On vient.

Un autre ARGIEN.

Deux Etrangers portent vers nous leurs pas.

Un autre ARGIEN.

Ne vous exposez point à leurs regards profanes.

SCENE II.

LES ACTEURS PRÉCÉDENTS.
ORESTE, PILADE.

ELECTRE.

ARrêtez, respectez cet asyle sacré ;
C'est le tombeau d'un Roi lâchement massacré :
Arrêtez : venez - vous insulter à ses mânes ?

ORESTE.

Leur insulter ! grands Dieux ! nés Grecs ainsi que
vous ,
Cet asyle est sacré pour nous ;
Nous venons rendre hommage à ces cendres augustes.

ELECTRE.

Si les Grecs avoient eu des sentimens si justes ,
On eut servi mon pere & vengé son trépas.

ORESTE, à PILADE.

Ciel ! c'est Electre !

PILADE, bas à ORESTE.

Ah ! ne t'expose pas.

ORESTE

ORESTE, à ELECTRE.

Hélas ! que je vous plains !

ELECTRE.

Ah ! je dois être plainte,
L'objet de mon espoir est de tout mon amour.
Mon frere est mort.

ORESTE.

O fatale contrainte!

PILADE.

Chargés par Strophius d'en instruire la Cour,
Nous avons répandu cette affreuse nouvelle.

ELECTRE.

Mon frere !

LE CHŒUR

O perte trop cruelle !

ORESTE.

Ah ! tout entier à vous, touché de vos douleurs ;
Le soin d'adoucir vos malheurs,
L'attachoit à la vie, & l'occupoit sans cesse.

ELECTRE.

Que dites-vous ? ô douleur ! ô tendresse !
Quoi ! vous le connoissiez ce frere malheureux?

F

PILADE.

La plus tendre amitié nous unissoit tous deux.

ELECTRE.

S'il est ainsi ; par cette amitié même,
Partagez ma fureur extrême ;
Venez venger mon pere, Oreste, votre ami.

ORESTE.

Un devoir si sacré ne sera pas trahi.

ELECTRE.

Ah ! le Ciel vous inspire, il vous guidoit ici.
Venez....

(Elle apperçoit l'urne.)

Grands Dieux ! que vois-je ?...

ORESTE, *à l'Esclave.*

Ecartez....

ELECTRE.

O mofrere !

ORESTE, *à* ELECTRE.

Cessez....

ELECTRE.

Ah ! laissez-moi l'embrasser & mourir !

ORESTE, *à* PILADE.

Du Ciel sur moi dût tomber la colere.
Je veux....

PILADE.

Arrête, & crains de te trahir.

(*Electre tient l'urne ; elle est à un des côtés du Théâtre,* Oreste & Pilade *sont du côté opposé, le Chœur occupe le milieu de la Scêne.*)

ELECTRE.

Restes inanimés ! chere & fatale cendre,
Je vous vois, je vous touche, & je n'expire pas.

Le *CHŒUR.*

Qu'allons nous devenir, hélas !

ORESTE, à Pilade.

Ses cris percent mon cœur, je ne puis les entendre.

PILADE, à Oreste.

Commande à tes transports.

ORESTE.

Je ne puis m'en défendre.

ELECTRE.

Ta Sœur te presse entre ses bras,
Je te tiens insensible, hélas !

Le *CHŒUR.*

Nous avons tout perdu.

 E L E C T R E,

O R E S T E, *à* *Pilade.*

Non ! je lui veux apprendre.

P I L A D E.

Veux-tu braver les Dieux ! l'abîme est sous tes pas.

E L E C T R E.

Objet de l'amour le plus tendre,
Est-ce ainsi qu'à mes vœux le Ciel devoit te rendre.

O R E S T E.

Ah ! la pitié l'emporte.

P I L A D E, *à* *Oreste.*

Au nom des Dieux.

Le *C H Œ U R.*

Hélas !

E L E C T R E.

Mon Frere !

O R E S T E, *à* *Pilade.*

Ah ! laissez-moi : tu veux donc son trépas.

E L E C T R E.

Hélas ! & je t'appelle, & tu ne peux m'entendre.

O R E S T E.

Sur cette urne cruelle ! ah ! voulez-vous mourir ?
Princesse, rendez-moi cette fatale cendre.

ELECTRE.

Non je ne puis la rendre.
C'eſt mon ſeul bien, hélas ! veux-tu me le ravir ?

ORESTE.

Séchez vous pleurs, ſachez qu'Oreſte....

ELECTRE.

Mon Frere.

ORESTE.

Oreſte vit.

ELECTRE.

O Cieux !

ORESTE.

Il eſt ici.

ELECTRE.

Mon cher Oreſte !
Conduiſez-moi vers lui, venez, au nom des Dieux.

ORESTE.

Ah ! modérez un tranſport ſi funeſte.

ELECTRE.

Ah ! rendez-moi le ſeul bien qui me reſte.
Je veux le voir, ou j'expire à vos yeux.

 ELECTRE,

ORESTE.

O Ciel ! que dois-je faire ?

ELECTRE.

Vous vous troublez, je vois vos pleurs couler;
Vous détournez les yeux, & craignez de parler;
Mais c'eſt envain, la nature m'éclaire....
Oreſte ! cher Oreſte !

ORESTE.

Ah ! ma Sœur !

ELECTRE.

Ah ! mon Frere !

ELECTRE.

O bonheur long-tems attendu !

ORESTE.

O jour heureux pour ma tendreſſe !

ELECTRE.

Mon Frere tu m'es donc rendu !

ORESETE.

Sur mon cœur palpitant, c'eſt donc toi que je preſſe.

ENSEMBLE.

Que ces moments ſont chers à ma tendreſſe.
Ah ! ma Sœur ! {
Mon Frere !   { Quelle douce ivreſſe !

LE *CHŒUR.*

O bonheur long-tems attendu !
Jour de triomphe & d'allégreſſe !
Le Ciel a rempli ſa promeſſe,
Le ſang de nos vrais Rois, enfin nous eſt rendu.

SCENE III.

LES ACTEURS PRÉCÉDENTS.
ARCAS.

ARCAS, dans le fond du Théâtre.

Que vois-je !

ORESTE.

O ſage Arcas ! digne ami de mon Pere,
Reconnois une Sœur à ma douleur ſi chere.
Electre.

ARCAS.

O Ciel ! quoi votre empreſſement ?

ELECTRE.

Ah ! ne le blâmez pas de finir mon tourment.

ARCAS.

Nous avons tout à craindre : Egiste en ce moment,
D'Oreste qu'il croit mort, me demande la cendre,
Aux mânes de son pere il l'ose présenter,
Ni crainte, ni respect, ne sauroit l'arrêter ;
Dans ce sacré tombeau lui-même il va descendre.

ORESTE.

C'est-là que je prétends l'attendre
Dans ce même tombeau qu'il ose profaner.

ELECTRE.

J'admire en tremblant ton courage ;
Dieux ! daignez détourner
Tous les périls que ma crainte envisage.

LE CHŒUR.

Grands Dieux ! favorisez de si nobles desseins.

ARCAS & PILADE.

Puissant arbitre des humains,
O Jupiter ! la Justice t'implore.

ELECTRE.

Elle reclame ses droits.

LE CHŒUR.

Entends sa suppliante voix,

On

ELECTRE.

On a verfé ton fang , il fume, il crie encore.

ORESTE.

O mon Pere ! rends-moi digne de ton grand nom.
Dans ta tombe aujourd'hui permets-moi de defcendre.
Le fang de l'affaffin va couler fur ta cendre.

ELECTRE.

Ecoute auffi ta Fille, Ombre d'Agamemnon !

LE CHŒUR.

Ecoute auffi ton Peuple !

TOUS, excepté ORESTE.

Exauce nos prieres !

ORESTE, ELECTRE, LE CHŒUR.

Combattez avec nous , fecourez vos enfans ,
Secondez des deffeins fi grands ,
Aidez - leur à venger le plus chéri des peres.

ORESTE.

Vengeance ! arme mon bras :
Que l'effroi m'environne & la mort me précéde !

ELECTRE.

O Néméfis, viens à fon aide.

LE CHŒUR.

Dieux du Styx , venez tous, venez guider fes pas.

ELECTRE,

TOUS.

Par la mort que la mort s'expie !
Que par le fang le fang foit effacé !
Le deftin même ainfi l'a prononcé,
C'eft la premiere loi : qu'elle foit accomplie !
(*Les Euménides paroiſſent : le Tombeau s'ouvre,*

ORESTE s'y précipite.)

SCÈNE IV.

LE PEUPLE, ELECTRE.

LE *PEUPLE.*

LE Ciel pour nous fe déclare aujourd'hui
Ceffez de vous troubler fur les dangers d'un frere.
Nous jurons de mourir pour lui.

ELECTRE.

Ah ! n'abandonnez pas une tête fi chere !
Mon cœur n'a plus que vous d'appui.

S C È N E V.

LES MÈMES, CLITEMNESTRE, & les
Femmes de sa Suite, CHRYSOTÉMIS,
ÉGISTE, la Garde D'EGISTE, Sacrificateurs,
PILADE, ARCAS, portant l'Urne.

(Toutes les Femmes sont voilées.)

LE GRAND-PRÉTRE.

G RAND Roi, qui gouvernas cette triste contrée,
  Illustre rejetton d'Atrée,
  Les Dieux nous ont ravi ton fils ;
Permets qu'auprès de toi sa cendre soit placée ,
  Daignez tous deux dans l'Elisée,
Protéger ces climats que vous avez chéris.

EGISTE prend l'Urne , & s'approche du tombeau.

  Asyle sacré du trépas ,
D'un Prince malheureux recevez ce qui reste.

ORESTE, *le frappant.*

Traître ! reconnois Oreste !
Meurs !

CLITEMNESTRE, *accourant.*

Ciel !

ELECTRE.

Frappe, redouble !

CLITEMNESTRE.
Arrête !

ORESTE, *la frappant sans la voir.*
Meurs !

CLITEMNESTRE.
Hélas !

ELECTRE.
Dieux !

ORESTE.
J'ai vengé mon pere !

TOUS.
O fatale victime !
O déplorable sang !
Falloit-il punir un crime
Par un crime encor plus grand ?

ORESTE.
Qu'entends-je ?

ELECTRE.
Ah ! Malheureux !

ORESTE.
Qu'ai-je fait ?
(*Il leve le voile.*) C'est ma Mere !

Tout le CHŒUR.
Grands Dieux ! vous qui fondez les cœurs,

Prenez pitié de ſes malheurs,

Ne le puniſſez pas d'un crime involontaire.

ORESTE.

Quels accens douloureux! Quel triſte jour m'éclaire?

La nature eſt en deuil, tout pleure autour de

moi.......

Ce déſaſtre, ces cris, tout me remplit d'effroi.

(*Les Euménides paroiſſent.*)

Filles d'enfer, que voulez-vous encore ?

Fuyez un monſtre qui s'abhorre.

Vous m'avez fait du crime une effroyable loi,

Vous m'avez inſpiré votre rage homicide,

Vous m'avez fait impie, aſſaſſin, parricide.

Quel nouveau crime encore attendez-vous de moi.

Je ne puis ſupporter la douleur qui m'accable....

Dieux ! quels tourmens éprouve le coupable!

Monſtres cruels, redoublez vos efforts,

Ouvrez-moi le chemin de l'empire des morts :
Je veux enfevelir dans l'éternel abîme,
    L'affreux fouvenir de mon crime,
    De mes tourmens, de mes remords.

                        (Il tombe.)

F I N.

A P P R O B A T I O N.

J'AI lu par ordre de Monfeigneur le Garde des Sceaux,
ELECTRE, Tragédie en trois Actes, & je n'y ai rien
trouvé qui m'ait paru devoir en empêcher l'impreffion.
   A Paris ce 29 Juin 1782.   BRET.

www.ingramcontent.com/pod-product-compliance
Lightning Source LLC
LaVergne TN
LVHW011353170726
843501LV00006B/1797